Índice

Rourke
Educational Media

A Division of
Carson
Dellosa
Education

rourkeeducationalmedia.com

¿Puedes encontrar estas palabras?

círculo

espiral

oval

triángulo

Formas de la naturaleza

La naturaleza está llena de formas.

Un árbol de naranjas. ¡Ñami!

círculo

Una naranja tiene forma de **círculo.**

Un caracol viscoso se mueve despacio.

La concha de un caracol tiene forma de **espiral.**

espiral

Mira la estrella de mar.

Tiene forma de estrella.

Los pájaros picotean las semillas en el suelo.

El pico de un pájaro tiene forma de **triángulo.**

triángulo

Los limones crecen en árboles.
¡Son ácidos!

oval

Tienen forma **oval.**

¿Encontraste estas palabras?

Una naranja tiene forma de **círculo.**

La concha de un caracol tiene forma de **espiral.**

Los limones crecen en árboles. Tienen forma **oval.**

El pico de un pájaro tiene forma de **triángulo.**

Glosario fotográfico

 **círculo:** forma redonda, como la de una naranja.

 **espiral:** forma que serpentea en una curva continua, como la concha de un caracol.

 **oval:** algo que tiene la forma de un huevo o limón.

 **triángulo:** forma con tres lados y tres ángulos.

Índice analítico

Sobre el autor

A Pete Jenkins le encanta salir a caminar y mirar todas las formas interesantes que se encuentran en la naturaleza. Vive junto al océano, donde se pueden encontrar muchas formas maravillosas.

© 2020 Rourke Educational Media

www.rourkeeducationalmedia.com

PHOTO CREDITS: Cover: ©vencavolrab; p.2,4-5,14,15: ©ChrisBoswell; p.2,12-13,14,15: ©odmeyer; p.2,6-7,14,15: ©ayurara; p.2,10-11,14,15: ©Kewuwu|Dreamstime.com; p.3: ©bgfoto; p.8: ©Damsea

Edición: Keli Sipperley
Diseño de la tapa e interior: Rhea Magaro-Wallace
Traducción: Santiago Ochoa
Edición en español: Base Tres

Library of Congress PCN Data
Formas en la naturaleza / Pete Jenkins
(Yo sé)
ISBN (hard cover - spanish)(alk. paper) 978-1-73160-481-1
ISBN (soft cover - spanish) 978-1-73160-493-4
ISBN (e-Book - spanish) 978-1-73160-486-6
ISBN (e-Pub - spanish) 978-1-73160-700-3
ISBN (hard cover - english)(alk. paper) 978-1-64156-171-6
ISBN (soft cover - english) 978-1-64156-227-0
ISBN (e-Book - english) 978-1-64156-280-5
Library of Congress Control Number: 2018967492

Printed in the United States of America, North Mankato, Minnesota

5